DATE DUE		12-12
	~~APR 09 2013~~		
	DISCARDED BY URBANA FREE LIBRARY		

The Urbana Free Library

To renew: call 217-367-4057
or go to "*urbanafreelibrary.org*"
and select "Renew/Request Items"

I See the Sun in Russia

Я вижу солнце в России

Written by Dedie King
Illustrations by Judith Inglese

Автор Dedie Короля
Иллюстрированный Джудит Английский

Translation: Irina Ossapova   *Перевод: Ирина Оссапова*
Calligraphy: Susan Cutting   *Каллиграфия: Сюзан Каттинг*

ISBN: 978-19358740-8-9
Library of Congress Control Number: 2011945026

Printed by Documation, Eau Claire, WI, January 2012, Ref. #147504

For information about ordering this publication for your school, library, or organization, please contact us.

О том, как заказать эту публикацию для вашей школы, библиотеки или организации, вы можете узнать по адресу.

Satya House Publications
P. O. Box 122
Hardwick, Massachusetts 01037
(413) 477-8743
orders@satyahouse.com

www.satyahouse.com
www.iseethesunbooks.com

SATYA HOUSE PUBLICATIONS
Hardwick, Massachusetts

Acknowledgements

Thank you to the Tutti School of Music – the administration, the teachers, and the students. Thank you to Irina Ossapova, our translator, and Susan Cutting, our calligrapher, for their generosity. Thank you to Katja for her helpfulness, and a very special thanks to Elizabeth who made two magical trips to Saint Petersburg possible.

Благодарность

Спасибо школе музыки «Тутти» – ее администрации, преподавателям и учащимся. Спасибо Ирине Оссаповой, нашему переводчику, и Сюзан Каттинг, нашему каллиграфу, за их щедрость. Спасибо Кате за ее помощь и особая благодарность Элизабет, которая сделала возможными две волшебные поездки в Санкт-Петербург.

Я просыпаюсь, и в моей голове звучит музыка из «Лебединого озера». Лёгкие снежинки на фоне тёмного утреннего неба напоминают мне о Снежной Королеве из балета, который мы с мамой смотрели вчера вечером в театре.

I wake with the music of *Swan Lake* in my head. The light snowflakes against the dark morning sky remind me of the Snow Queen from the ballet Mama and I saw last night at the Opera House.

На кухне мой брат Борис уже надевает сапоги, чтобы идти в школу. Мама заканчивает пить чай. Она на машине подвезет меня до школы по пути на работу.

In the kitchen my brother Boris is already getting his boots on to walk to school. Mama is finishing her tea. She will drive me to my music school on her way to work. I still feel lucky that I passed my exam so that I can go to that school.

Внизу на лестничной площадке при входе в дом бездомные кошки греются на радиаторах. «Антон, поторапливайся или ты опаздаешь в школу», торопит меня мама, стоя на пороге в дверах. Я тихо оставляю остатки пищи кошкам, прежде чем последовать за матерью в машину дворе.

Downstairs in the hall the stray cats are keeping warm on the radiators. "Anton, hurry or you'll be late for school," Mama calls from the doorway. I quietly leave some scraps of food for the cats before following my mother out to the car.

Рано утром рабочие уже на крышах во домов. Каждое утро они скидывают снег и лед с крыш, чтобы сосульки не упали на людей внизу.

The early morning workmen are already on the rooftops. Every morning they shovel off the snow and ice so that icicles don't fall down on people below.

По пути в школу я разглядываю из машины свои любимые скульптуры в свете уличных фонарей всё ещё тёмного утра.

As we drive to school, I see my favorite statue under the street lights of the still dark morning.

Я вхожу в свою школу и здороваюсь со школьным секретарем. Я вдыхаю знакомый запах деревянных музыкальных инструментов в их изношенных футлярах, и запах сырых сапог в снегу. «Привет, Антон!» окликает меня мой друг, Владимир.
«Иди к нам!», зовёт Ирина.

I enter my school and say hello to the secretary. I breathe in the familiar smell of wooden musical instruments in their well-worn cases, and the wet smell of snowy boots. "Hi, Anton," calls my friend Vladimir.

"Come join us," says Irina.

С первыми лучами утреннего солнца, освещающего чистые парты, я вхожу в класс на первые уроки.

The first rays of the morning sun shine on the clean desks as I enter the class for our first period school lessons.

В полдень Владимир, Ирина и я торопливо идем в столовую. Солянка, теплая картошка и куриная котлета приносят ощущение комфорта и мысли о доме. Повар улыбается нам в ответ, когда мы возвращаем наши пустые тарелки.

At noon Vladimir, Irina and I hurry to the lunch room. The *solyanka*, warm potatoes, and chicken cutlet fill my stomach with comfort and thoughts of home. The cook smiles at us as we return our empty dishes.

После второго завтрака весь мой класс приходит в волнение, потому что мы поедем в музей Эрмитаж на автобусе. Наш учитель рисования ведет нас туда, чтобы мы посмотрели на знаменитые картины.

After lunch my whole class is bubbly with excitement because today we take the bus to visit the Hermitage Museum. Our art teacher is taking us to look at the famous paintings.

My heart fills with pride as I see the beautiful
Hermitage Palace that is the jewel of our city. The
noon day sun sparkles on the plaza and reflects
off the many windows of the huge building.

Мое сердце переполняется гордостью, когда
я вижу прекрасный дворец Эрмитаж,
сокровище нашего города. Полуденное солнце
заливает площадь и отражается в многочисленных
окнах огромного здания.

Когда смотритель музея заводит Часы Павлин, мы все немеем от восторга, а потом хлопаем в ладоши. Огромная золотая птица раскрывает свои крылья и начинает двигаться в своем еженедельном шоу.

We all gasp and clap as the curator winds the Peacock Clock. The large golden bird opens its wings and turns for its once a week showing.

Уже темнеет, когда мы едем обратно в школу. Я вижу бабушек, медленно идущих по скользким ото льда тротуарам. Они носут домой продукты, чтобы приготовить своим семьям ужин.

It is already twilight as we drive back to school. I see the *babushkas* slowly making their way on the icy sidewalks. They are bringing groceries home to their families for dinner.

Поздним вечером после моего урока на скрипке, наконец-то наступает время для ансамбля скрипачей. Это моя самая любимая часть дня. Нас шестеро играет в ансамбле, и я доволен и счастлив в общим порыве сотворения музыки.

In the late afternoon, after my own violin lesson, it is finally time for the violin ensemble. This is my favorite part of the day. Six of us play together and I feel full and happy with the shared effort of the music.

At 6 o'clock Mama picks me up at school. On the way home we stop at the store to buy some sausage. I look at the sweets, but know we can't afford to buy them.

В 6 часов мама забирает меня из школы. По пути домой мы заезжаем в магазин, чтобы купить колбасу. Я смотрю на конфеты, но знаю, что мы не можем себе позволить их купить.

Уже совсем темно,
когда мы возвращаемся
домой в нашу квартиру.
Мама направляется в
кухню помочь бабушке
чистить картофель на
ужин. Я остаюсь на площадке поиграть
в футбол с другом Сергеем, который живет
в соседней квартире. Мы играем до
возвращения мамы домой.

It is very dark when we arrive home at our
apartment. Mama goes into the kitchen to help
Babushka peel potatoes for supper. I stay out
in the hall to play soccer with my friend, Sergei,
who lives in the apartment next door. We play
until Papa comes home.

После ужина мама и папа разговаривают друг с другом в кухне. Папа устал от вождения такси весь день, но он улыбается, видя, как мама достает фотографии нашей дачи. Мысли о рыбалке и походах за грибами летом делают его счастливым.

After supper Mama and Papa talk together in the kitchen. Papa is tired from driving his taxi all day, but he smiles as Mama takes out pictures of our *dacha*. It makes him happy to think about fishing and picking wild mushrooms there in the summertime.

Я упражняюсь в игре на скрипке.
Бабушка рада тому, что я также люблю
музыку, как и она. Она мечтает о том, что я когда-нибудь
буду играть в оркестре Мариинского театра.

I practice my violin. Babushka is pleased that
I love music as much as she does. She hopes
that one day I will play in the orchestra for
the Mariinsky Theater.

Я слышу, как бабушка садится за старое пианино, когда я ложусь спать. Она играет одну из мелодии лебединого озера, и я снова еще раз мысленно вижу балет. Образы танцовщиков сливаются с прекрасными образами из Эрмитажа по мере того, как я засыпаю.

I hear Babushka sit down at the old upright piano as I get into bed. She plays one of the songs from *Swan Lake* and I once again see the ballet in my mind. The dancers blend with beautiful images from the Hermitage as I drift off to sleep.

Я вижу солнце в России следующим Антон, маленьком мальчике, который растет в Санкт-Петербург. Его родители оба работают по многу часов в день, чтобы обеспечить семью жизненно необходимым. Однако, у них, как и у многих русских, есть маленький загородный домик, который называют «дача», где они проводят летом отпуск и куда уезжают в конце недели на выходные, чтобы расслабиться и отдохнуть. Поскольку у Антона есть талант к музыке, он учится в государственной музыкальной школе, в то время, как его брат ходит в обычную государственную школу.

Санкт-Петербург, второй по величине город в России, расположен далеко на севере, так что в зимние месяцы солнце появляется только на несколько часов в день. Город Санкт-Петербург был основан царем Петром Великим в 1703 году. Европейские зодчие проектировали прекрасный город, стоящий на островах, соединенных мостами и каналами.

Искусства всегда были могучей силой в России, особенно в Санкт-Петербург. Петр Великий начал коллекционировать произведения искусства европейских мастеров и позже, Екатерина Великая, другая Российская императрица, находившаяся на троне с 1762 – по 1796 год, основала музей «Эрмитаж» в 1764 году своей огромной личной коллекцией европейских мастеров. Музей «Эрмитаж» является одним из первых российских музеев и одним из самых старых и больших сокровищниц искусства в мире. Российских школьников регулярно водят в музеи для ознакомления с произведениями искусства.

Многих художников и интеллигенцию привлекала культура Санкт-Петербург. Писатели Федор Достоевский и Александр Пушкин, когда жили в Санкт-Петербург, написали самые известные из своих произведений, как и Петр Ильич Чайковский, композитор, написавший музыку к балету «Лебединое озеро». В городе имеются прекрасные оперные театры, концертные залы для исполнения симфонической музыки и балетные труппы театров, включая знаменитый Мариинский театр, где, по книге, Антон смотрел балет «Лебединое озеро».

Несколько важный русских революций, в которых рабочие восстали против власти царей, произошли в Санкт-Петербург. После революции 1917 года, Большевики взяли власть в свои руки и положили конец правлению царей. Многие аристократы, художники и интеллигенция бежали за границу. Их прекрасные большие дома были поделены на маленькие квартиры для рабочего класса. В повествовании Антон живет в одной из таких квартир.

Люди в Санкт-Петербург особенно гордятся своей исторической храбростью и стойкостью во время Блокады Ленинграда в период Второй мировой войны. В то время Санкт-Петербург был известен, как Ленинград. Город находился в блокаде немецких войск 872 дня, так что жители города почти не имели притока продовольствия. Хотя многие, очень многие люди умирали от голода, выжившие продолжали защищать город и его потрясающие произведения искусства. Мужество русских солдат и простых граждан оставили отпечаток в семейных хрониках и истории, как науке. Даже сегодня школьники поют патриотические песни, чтобы отметить это часть их наследия.

Несмотря на свою бурную историю и имеющиеся экономические трудности, жители Санкт-Петербург продолжают гордиться своим наследием, красотой своего города и богатством его культуры.

I See the Sun in Russia follows Anton, a young boy growing up in the city of Saint Petersburg. Both of his parents work long days to provide for their family. However, like many Russians, they have a small country cabin called a dacha, where they can relax on weekends and vacations in the summer. Because Anton has a talent for music, he attends a special public music school, while his brother goes to a regular public school.

Saint Petersburg, the second largest city in Russia, lies very far north so that in winter there are only a few hours of sunshine each day. Tsar Peter the Great founded it in 1703. European architects designed the beautiful city that is made up of islands connected by bridges and canals.

The arts have always been a powerful force in Russia, particularly in Saint Petersburg. Peter the Great began collecting European art work and later, Catherine the Great, Empress of Russia from 1762 to 1796, founded the Hermitage Museum in 1764 with her huge personal collection of European masters. The Hermitage is one of Russia's first public art museums and is one of the oldest and largest art museums in the world. Russian school children are taken regularly to the museum to learn about and enjoy the art work.

Many artists and intellectuals were drawn to the culture of Saint Petersburg. The writers Fyodor Dostoevsky and Alexander Pushkin wrote some of their most famous works while living there, as did Pyotr Ilyich Tchaikovsky, the composer who wrote the music for *Swan Lake*. There are also wonderful opera houses for ballet and symphony, including the Mariinsky Theater where Anton saw *Swan Lake* in the story.

Several important Russian revolutions began in Saint Petersburg, when working class people rose up against the powerful Tsars. After the 1917 revolution, the Bolsheviks took power and the rule of the Tsars ended. Many aristocrats, artists, and intellectuals fled at this time. Their lovely large houses were carved into smaller apartments for working class people. Anton lives in one of these apartments.

The people of Saint Petersburg are particularly proud of their historic bravery and determination in World War II during the Siege of Leningrad. At that time Saint Petersburg was known as Leningrad. German soldiers blockaded the city for 872 days so that there was almost no food coming into the city. Although many, many people died of starvation, the survivors still protected the city and its incredible artwork. The bravery of the Russian soldiers and ordinary citizens is imprinted in family and historical lore. Even today school children sing patriotic songs to commemorate this part of their legacy.

Despite a turbulent history and ongoing economic hardships, the people of Saint Petersburg retain great pride in their heritage, the beauty of their city and the richness of their culture.

Glossary

Babushka: A word for grandmother. Babushka can also mean old woman.

Dacha: A summer cottage, or cabin. Many Russian people, especially in the cities, have small country homes that they can visit on weekends and vacations.

Solyanka: A typical Russian soup containing pickled cucumbers, cabbage, and often some fish, meat, or mushrooms.

Глоссарий

Бабушка: Слово для бабушки. Бабушка может также означать пожилую женщину.

Дача: Летний коттедж или небольшой домик. Многие русские люди, особенно живущие в городах, имеют небольшие дома в деревне, куда они могут съездить на выходные и во время каникул.

Солянка: Традиционный русский суп с маринованными огурцами, капустой и зачастую с какой-нибудь рыбой, мясом или грибами.